Ve

13922

ALEGRESSE

PÔVR LE BON
HEVR DE

LA REVNION

DE MESSIEVRS
LES PRINCES.

Et de l'affeurance de leur proche retour
prés de leurs Majeſtez.

A PARIS,
Chez IACQVE BESSIN, ruë de la
Calendre deuant le Palais
proche le Heaulme.

———————————————————

M. DC. XIV.

EPISTRE DE
L'IMPRIMEVR,

AV LECTEVR.

CEs vers m'estants ces iours passez tombez, piece à piece, par hazard dans les
mains, i'ay pensé, apres les auoir leus & re-
leus qu'il ne seroit hors de propos de les
mettre en public, & que le subiect y estoit
assez propre, ce que maintenât ie fays, sup-
pliant humblement ceux qui les verront,
qu'en faueur de mon entreprise, ils les dai-
gnent auoir aussy à gré que s'ils estoiét sor-
tis en lumiere soubs l'adueu de l'Autheur,
ainsi leur desirayie tout biê & toute felicité,
& à la France vne eternelle paix, & que du-
rant leurs iours, leurs MAIESTEZ en puis-
ent heureusement iouir auec l'assistance
des Princes & des Seigneurs & l'obeissance
& le debuoir des peuples, DIEV nous en
face la grace.

SONNET,

De La reunion des Princes.

QV'ores Mars & Bellone en quitant leur
  audace
Iettent les armes bas, & que pour tout iamais,
Enuironnez de honte, ils aillent deformais
Se retirer au fonds des campagnes de Thrace.
Qu'en outils de labour on change la cuirace
  Et les glaiues tranchants; & que dans les armets
  Et parmi les boucliers, en symbole de paix,
  Et l'araigne & l'abeille à l'aduenir aynt place.
Qu'au lieu de plomb, de fer, de picques, d'estendars,
  De tambours, de clairös, de feux, en toutes parts
  La musicque & le bal cheminent par la France:
Nos HEROS pour Deuise ont l'oliuier repris.
  Que le nö de MARIE est heureux en puissance!
  Et que LOVYS encore est vn nom de grãd prix!

ODE.

Sur L'asseurance du retour de Monseigneur le Prince.

Lors que pour le bien du pays,
Deuant les peuples esbahys,
Les trois HORACES combatirent,
Les deux premiers estans deffaicts,
Les cœurs de leurs amys faillirent,
Les voyant tombez soubs le faix.

Ha! (disoient ils) les deux supports,
De la Respublicque sont morts,
Nos libertez & nostre gloire,
Perdent maintenant leur splendeur,
Nos ennemys ont la victoire,
Et triomphent de sa Grandeur.

Ce pendant l'autre qui restoit
Enflammé d'ire combatoit,
Si bien qu'il renuersa par terre,
Esueillant ses bras agitez,
En l'effort d'vne iuste guerre,
Les trois CVRIACES domptez.

Vn cri se fit au mesme temps,
Ceux dont les cœurs estoient flottans,
Racquirent leur force premiere;

L'espoir esclatta dans leurs yeux,
Et leur franchise coutumiere
Esprouua le bon-heur des Cieux.
   Ainsi trois HENRYS DE BOVRBON,
Par l'effort royal de leur nom,
Mettoient nos cœurs en asseurance:
Les deux premiers estants mis bas,
A l'esgal de nostre esperance,
Nous veismes chanceler nos pas.
   Nous sommes, disions nous, perdus,
Nos biens, nos honneurs deffendus,
Et nos libertez sont en proye;
De nous la victoire s'enfuit,
L'ennemy se comble de ioye,
Et le dueil pas à pas nous suit.
   Pendant le dernier des HENRYS,
Par son retour aupres des LYS,
Trancha l'aisle à nostre misere,
Quand, tout plein de zele & de foy,
Sa GRANDEVR, à nos vœux prospere,
Vint faire hommage au nouueau ROY.
   Par tout le doux rauissement
Fit naistre vn applaudissement,
Qui retentit de place en place;
Le dueil en soulas fut changé,
L'esprit fit cognoistre à la face
Le bon-heur qui l'auoit rangé.
   DIEV lors tesmoigna deuant tous

Comme il a du foucy de nous,
Et comme il a cheri la France,
Dés l'heure qu'vn Ange des Cieux
Fit luire, par obeiſſance,
La fleur de Lys en ces bas lieux.

  Maintenant qu'apres vn diſcord
Ce PRINCE vient encore au port,
Où ſont deux Royales Eſtoilles,
Meſmes effets nous reuoyons,
Qui des embruniſſent les voiles
Où ſans lumiere nous eſtions.

  Que tout different ſoit mis bas,
O PRINCES ! tendez vous les bras,
Qu'a iamais la concorde aſſemble
ORLEANS, NEVERS & BOVRBONS,
Et LORRAINS, à fin qu'en leurs noms
Soubs LOVYS tout le Monde tremble.

ODE,

Sur le retour de Monſeigneur le Prince en Cour apres la mort du feu Roy.

Qvand le Soleil, en arriuant,
Brille ſur les monts du Leuant,

Außi tost la nuict perd ses ombres,
Les airs flambent de tous costez,
Et voit-on les choses plus sombres
Iouïr de nouuelles clartez.

Quand l'Hyuer retire ses pas,
Et que la nege & les frimas
Ne deualent plus soubs la Bise,
Adonc le Printemps descouuert,
Mettant la campagne en franchise,
Reprend son habillement verd.

Tout rit par tout, mille couleurs
Esmaillent la tresse des fleurs,
Par tout les musetttes fredonnent,
Et les oysillons soubs leurs chants,
Au bruit des fontaines qui sonnent,
Par tout font retentir les champs.

Les papillons vont dans les prés
Et dans les iardins empourprez,
Les dains franchissent les bocages,
Les amants deuiennent gaillards,
Et ce Dieu qui poingt leurs courages,
Les anime de toutes parts.

Toute chose est plaisante à l'œil,
De mesme, aprés le triste dueil
Qui rompit nostre esiouïssance,
Apres le Conuoy de HENRY,
Tu viens rasserener la France,
Des Dieux & des hommes cheri.

La paix

La paix, la concorde te suit,
Le bon-heur à tes pas reluit,
Tu calmes nos dures tristesses,
Ta presance arreste nos pleurs,
Et bref, engeandrant nos liesses,
Tu fais mourir tous nos mal'heurs.

PARIS s'esioüit de te voir,
Le peuple se met en debuoir
D'applaudir à ta bien-venüe :
La Cour, en ce rauissement,
Fait retentir iusqu'en la nüe
L'effect de son contentement.

Vien recognoistre à cette fois
LOVYS Monarque des François,
Dont l'essence est la tienne mesme :
O PRINCE, vien donner la foy,
Vien rendre hommage au Diadesme
Qu'il herite d'vn si bon ROY.

Grand PRINCE, ô le premier du sang !
Vien pour recognoistre en son rang
La Mere d'vn si grand MONARQVE,
REYNE, dont les vertus luiront,
Malgré les excés de la Parque,
Tant que les ans chemineront.

Quel soulas ! ô quel doux plaisir
Viendra leurs MAIESTEZ saisir
A l'abbord de ton EXCELLENCE !
O comme leurs bras sont ouuerts !

B

O mon DIEV qu'elle esiouïssaute!
O combien de charmes diuers !
  N'aguere, elles fondoient en pleurs,
Tesmoings de leurs iustes douleurs,
Ores leurs yeux pleurent de ioye;
Le Grec eut ce contentement,
Quand Achile es pleines de Troye
Se remonstra secondement.

  Quand (dis ie) en bornant les ennuys
Qui tant de iours & tant de nuicts
Auoyent penetré son courage,
Il retourna vers les Gregeois,
En leur redonnant l'aduantage
Qu'ils auoyent gaigné tant de fois.

  Que ie t'honnore o diuin iour
Où ce grand PRINCE est de retour!
Ha! que les filles de Memoire
Sont contentes de le reuoir!
Que ces amantes de la gloire
Seront aisès de le r'auoir.

  Quand il sortit elles pleuroyent,
Et demy-mortes souspiroyent,
Voyant terminer leurs delices;
Maintenant qu'il reuient à nous,
Leurs yeux reprennent leurs blandices,
Et leurs chants se refont plus doux.

  Pourquoy ces Nymphes aux beaux yeux,
Pourquoy ces Infantes des Cieux

N'en seroyent elles point contentes ?
Ce ieune PRINCE les cherit,
C'est leur espoir, & les attentes
Dont leur Neuuaine se nourrit.

Tant qu'Apollon m'entretiendra,
Tousiours il me ressouuiendra
Du temps que ie vis chez des PORTES
Ce PRINCE, encores ieune enfant,
Ne respirer que leurs escortes,
Et de voir leur nom triomphant.

Il regrettoit que leurs beaux vers,
Tant renommez par l'vniuers,
Tenoient si peu de rang en France ;
Et que les pointes des rimeurs,
Soubs les aisles de l'Ignorance,
Allechoient tant de simples cœurs.

Ce grand Oracle iugea lors,
Et predit, le voyant dehors,
Qu'il feroit les Muses renaistre,
Et que les François esiouïs.
Le pourroient vn iour recognoistre,
Soubs l'Empire du ROY LOVYS.

DIEV nous inspire bien souuent,
Mais cinglons soubs vn autre vent,
Desià les barrieres on ouure :
Tous les Seigneurs deuiennent gays,
Laissons entrer ce PRINCE au L'OVVRE,
Puis qu'il nous vient donner la paix.

ODE.

A Monseigneur le Duc de Guise.

Vaillant & sage PRINCE, enfant de nos
    vieux Roys,
,, C'est chose veritable
,, Qu'vn Lyon redoubtable
,, N'engendre l'animal dont le front porte vn bois.
  Or tu le vas monstrant, dèuant les yeux de tous,
,, En despit de l'enuie,
,, Qui mesme apres la vie
,, Fait du plus haut merite vne butte à ses cous.
  Bien que Mars soit ta gloire & l'ame deton cœur.
Neantmoins ta prudence,
Refrenant ta vaillance,
L'œil de la belle Astree est demeuré veinqueur.
  Où ton grand COLONNEL, se rangeant auec toy
De mesme à faict parestre.
Que les Cieux l'ont fait naistre.
Sage, heureux & vaillant, & seruiteur de Roy.
  Malgré les detracteurs, qui blasmeroient vn
    DIEV,
Viue le nom de GVISE,
Qu'à iamais il reluise
En toutes les saisons, à toute heure

EPIGRAMME

A LA PAIX.

IE te saluë ô bonne Paix!
Arefte en France pour iamais,
Et si quelqu'vn t'en veut distraire,
Que iamais il ne t'ayt chez luy,
Puisse-t'il mourir auiourd'huy
Qui desirera le contraire.